침대 밑 블랙홀

국립중앙도서관 출판예정도서목록(CIP)

침대 밑 블랙홀 / 지은이: 맹윤정. -- 서울 : 토담미디어, 2016
    p. ;   cm

ISBN 979-11-86129-51-7 03810 : ₩9000

한국 현대시[韓國現代詩]

811.7-KDC6
895.715-DDC23   CIP2016025684

침대 밑 블랙홀

맹윤정 시집

토담미디어

시집을 내는 마음

저는 몸에 장애가 있습니다. 그러나 마음만은
열심히 시를 쓰며 아름답게 살려고 노력하고 있습니다.
2013년에 시를 배우고 싶어서 무작정
문학동아리의 문을 두드렸습니다.
그때 환하게 웃으며 반겨주시던 모습이 떠오릅니다.
얼굴도 들지 못할만큼 부끄러웠지만
그럴수록 열심히 시를 쓰고 공부했습니다.
시를 가르쳐주신 박현태 선생님께 감사드리며
도와주시고 격려해주신 동아리 선배님들께도
사랑한다는 말 전합니다.
그리고, 함께 오래도록 시를 쓰고 싶습니다.

2016년 가을에
맹윤정

차례

1부

2부

3부

9

1부

북극성

밤하늘
빛나는 호수에
북극성이 찾아왔다

수많은 별들
물결처럼 흐르고
나의 지난 시간들도
물결 따라 흐른다

수줍은 사랑

너만 떠올리면
가을 노을이
내 두 볼 가득 타오른다

너를 향한
사랑에
꽃모가지처럼
얼굴이 땅으로
내려앉는다

비 갠 후

비 갠 후
땅에 작은 하늘이 생겨났다

두둥실 떠가는 조각구름도
초록 장화를 신은 아이도
회색 빛 비둘기도
모두 작은 하늘에 들어왔다

봄의 마법

아직 이불 속을 빠져 나오지
못한 지난겨울

모질게 불어오는 겨울바람에
머리숱 없어진 나무들
따스한 봄의 마법에 걸려
형형색색 물들어 갑니다

침대 밑 블랙홀

병뚜껑이
침대 밑으로 들어갔다

막대기로 휘휘 저으니
더 깊숙한 곳으로 빨려 들어가 버렸다
침대 밑 블랙홀

나도
헤어 나올 수 없는 너에게
빨려 들어가 버렸다

할머니 눈물

시골 마을
아득한 굴뚝 연기 내뿜는
할머니의 솥

전기밥솥 꿀단지 모셔둔 채
나무 몸뚱이 불 붙여
아궁이 속으로 넣는다

이맛살에 내려 온 땀 구슬
눈에 들어가
다시 목덜미 타고
또르르 내려간다

옆에 있던 꼬맹이
얼굴을 이리저리 갸우뚱 거리며
메아리처럼 반복한다

할머니 울어?

할머니 울어?

내 마음 해바라기

내 마음
소낙비 내리고 간 자리
해바라기 피었다

사랑의 햇빛 머금고
무럭무럭 자라난
해바라기

그대 넓은 등만
말도 없이 물끄러미
쳐다보고 있다

눈물

사랑이 떠나간 자리에
쓸쓸히 내리는 겨울 눈송이

눈동자 속에서 녹아
뺨으로 흐른다

눈 감고 그린 그림

맨발로 뛰고 또 뛰어
숨 쉴 허락조차 하지 않았다

쫓기는 몸일지라도
돌부리에 넘어져도
두 다리로 달려 간 순간
나는 행복했다

달리기를 평생 거부했던
뻣뻣한 나무다리
빨대처럼 구부러져
상쾌한 바람의 숨결로 달려보는
설레던 영화 속 한 장면……

내겐 눈을 감고 그린 그림이다

창문의 빗방울

보이는 곳에
네가 있지만
투명 벽에 가로 막혀
만질 수 없다

나를 보자마자
너는 흘러내렸다

짝짝이 신발

어디에 가나
우리는 늘 함께 하였죠

걷고 달리고 뛰어도
호흡이 잘 맞게 떨어졌죠

비가 내리면
첨벙첨벙
눈이 내리면
뽀드득 뽀드득
모두 우리들 노랫말이었죠

칠월 칠석
견우와 직녀가 만나는 만큼
우리는 늘 함께 하였죠

그러나

지금 난 짝짝이 신세죠

갈피를 못 잡은 채
쓰레기 더미 속에 들어가 버렸습니다

인연의 실

너의 소식 바람과 함께 들린다
너에게 갈 수 없는 나
그저 내 눈가에 빗줄기 내린다

너의 힘들어하는 거친 숨소리가
천둥처럼 울려 퍼진다

시간들이 모여모여
우리의 인연 실이 되었다

하루하루
실 뭉치 풀어나가다 보니
길어져 버렸고
길어진 실타래.
우리를 갈라놓았다

자르고 자른

실타래 따라가 보면

다시 너를 만날 수 있을까

욕심은 가난하다

넘쳐흘러도
하나를 더 갖기 위해
끝없이 욕심을 부린다

밥을 많이 먹으면
위가 커지듯이
마음에 욕심을 부으면
물감처럼 퍼진다

시장 골목 사람들

북적북적 시장 골목
많은 가게들

가족 같고 친구 같은
시장 골목 사람들

입이 근질근질
비밀 폭로하며 한바탕 웃는다

가게와 가게 사이
오고가는 정겨움에 웃는다

호수 풍경

호수 저 편
안개가 산을
덮어 간다

바람의 신, 풍차
네 개의 구레나룻이
달리기한다
향긋한 풀 냄새에 취해
곤충들도
무아지경 빠져든다

아침부터 우중충했던
날씨에도
밤빛이 밀려온다

나무인형

바람 따라 뒹굴던 나뭇잎처럼
자유영혼이 되고 싶다

삐거덕 삐거덕 걸어 갈 때마다
보는 이들 눈 돌리는 소리 들린다

하아.
거친 숨소리 내쉬며
뻣뻣한 두 다리에 몸무게를 이고 간다

세상에 발을 내밀 때부터
그대는 나무인형이다

화장

분유 가루
얼굴에 두드리고
입술 선 따라
불길을 질렀다

두 태양 마주보고
두 눈구덩이
무지갯빛으로 가라앉은 날

그녀에게 오늘도
길 한 복판을 누비고
다닐 모습이 그려졌다

굳은살

굳은살 박여 있는 곳에
아름다움이 숨어 있다

한 줄기 바람에 나뭇가지를 놓지 않으려 하던
초록 아가들처럼 어머니 등에 매달린 채
새끼손가락 베인 기억도 없는 내가

몸 구석구석
노력이란 굳은살을 박으려한다
못생기고 단단한 것이 좋아 웃는다

내 몸은 언제나
가을처럼 살점들이 떨어지고
빨간 물이 들은 자리마다
추억의 향기가 묻어 있다

바람 손님

시원한 바람에
몸을 기댄다

자연의 바람으로
휴지 조각처럼
휘날리는 머리카락

긴 무더위를 잊게 해줄
손님이 찾아왔다

붉은 달

오랜만에 만난
형제들
오기종기 모여
담소를 나누고 있다

삼겹살이 불판 위에
노릇노릇 익어가는 사이
담소 꽃은 모락모락
피어올랐다

하늘이 어두워지고
달은 불판 위에 달구어져
형제들을 붉게 비추고 있다

미련한 여인

어머니 좁다란 등에 업혀
당신께 가는 길
등가에 흠뻑 적시는 땀방울 모르는 채
어머니는 당신이란 존재를 부르십니다

주인이 없는 집에서
찬송 부르는 모습들
애처롭게 기도하는 나의 어머니

보이지 않은 존재를 믿는다는 건
하찮은 짓이라고 하면서
어린 나를 등에 업고
당신을 보러 가네요

칠순 음악회

70년 동안 갈라진 땅 틈사이로
뿌리를 내리고 숲을 이룬 나무들

송골송골 땀방울도 아깝지 않게
작은 끝 뿌리에도 애정을 심어준 은혜
보답하듯이 작은 음악회를 열어주었다

호숫가를 둘러 쌓인 나무들
각기 개성의 목소리로 노래하며
회포를 풀어간다

맨발 낙서

모래사장 위에
군데군데 그려놓은 맨발 낙서
파도가 간지럽게 씻어줍니다

낙서가 끝나면
거기 앉아서 바다에 나갔던
해녀들을 기다리고 싶습니다

해녀가 잡아온 해산물들에
내 입에서 바다향이 풍기면
나도 그들의 친구가 되는 것만 같습니다

도시 속 내 발자국은
따가운 시선이 부끄러워
신발 속의 내 발은
미숙한 아이가 되고
눈물이 가득 올라오기도 합니다

침묵

나는 책꽂이를 머리에 이고
살아간다

세상에게
지혜를 달라고 했으나
세상은 아무 말 없이
나에게 침묵만을 남겼다

빈껍데기 조개는 바다 속 염분을 받아먹고
속이 알차졌다고 했다
나는 무엇으로 그 침묵에
답할 수 있을까

나에겐 빼곡히 쌓인 두꺼운 책뿐이기에
그 속에서 침묵을 풀 수 있는 건
오직 나 한 사람이다

배춧잎도 거짓말을 한다

배춧잎 모아
사람들 가슴속에 깔아 놓았다

누가 사람들 입맛이
똑같은 줄 알았을까

감칠맛 나게 씹히는 말과
단점을 돌돌 싸줄 수 있는
하얀 속살만 찾는 사람들

하얀 속살은
거짓된 것으로 더럽혀지고
멍같이 시퍼런 이파리만
수북이 쌓이고 만다

내 마음 열쇠

내 마음 열쇠
누구도 갖고 있지 않다

귀한 문이기에
깊숙이 숨겼나 보다

내 마음 문
한 발짝 다가온 그대도 열 수 없다면
쇳덩어리일 뿐이다

마음의 눈병

세상 바라보는 눈이
병을 얻었다

지구 반 바퀴 보다
좁은 내 세상은

먼지덩어리가 자꾸 쌓여
숯검정이가 되었다

생각 상자 속에서 꺼낸
청소기로 빨아들이고

그 주위에
나무 한 그루 심고 싶다

길고양이 1

보름달이 걷는 골목
길고양이가 가로등을 째려본다

사람 그림자 뒤돌아 볼까봐
마음 조아리며 발톱을 세우고
깊은 어둠 속을 찾아 들어간다

내 마음 깊은 곳
길고양이 같은 모습이 있을까

바람이 주고 간 것들

바람 따라 나뭇가지에 걸린
초록 잎들이 살랑인다

고운 세월 숨어버린
검은 머릿결 가랑비에 젖듯
어느새 하얗게 변하고

주름진 손
달콤한 향기 내뿜는
솔가지가 들려져 있다

2부

외롭지만 행복합니다

시간을 비밀의 방에 가두어 놓고
음악이 끝난 오르골 태엽처럼
바늘을 거꾸로 감습니다

내 비밀의 방에 있는
시계들은 고장 난 것 같지만
버릴 게 없는 나만의 세계입니다

누구 하나 공유할 것이 없어
외롭지만 외로운 시간만큼
소중함을 느낄 수 있어 행복합니다

붉은 달

한여름 밤
핏기로 물들인 달이
내 마음에 비추어 본다

달 한 덩어리
피로 물들지 않은 마음이 어디 있겠으나
하늘 위로 한숨을 토해내 본다

나 아닌 어디선가도
핏기로 머금었던 아픔 마음
토해내고 싶은 이도 있겠지

이유는 알 수 없는 붉은 달이
마음속 아물지 못한 상처를
비추고 있지 아니한가

멈춰있지 않았다

나무늘보 같이 멈춰있지만
가고 있다고 말하는 우리들
걸어온 거리가 걱정의 한숨으로
스모그를 만든다
빛보다 빠른 것이 있을까
바쁜 시간에도 머릿속 통로를
소화시킬 수 없는 빽빽한 생각들이
우리를 느리게 만들고 있는 사실

몸에 모터를 부착시키고 가보자
힘없이 일어선다

머릿속 꽉 찬 생각이 짓무르고
고름이 되어 가슴에서 흘러가는 것은
모터도 녹이 쓸어간다

먼 길을 돌아온

겨울 눈보라처럼 얼어붙는 미움이
그대와 나 마음이 마주칠 때마다
시린 손바닥보다 더 매서운 아픔에
서로 구두 뒤꿈치만 보다 떠나간 기억

시냇물이 바위를 돌아
떠내려가는 시간만큼
내 마음 얼음 덩어리가 녹아

그 미움은 깊은 눈물이 되어
그대에게 용서와 감사함으로 퍼져 갔습니다

병에 담긴 오래된 향기

큰 병에 가득히 담근 과일주
술잔 기울이신 아버지

오랫동안 숙성시킨 것들은
향기에 취하고
맛에 감동한다고 했다

나에게도 그런 것이 있었던가
오래된 친구는

기차 스모그가 되어
코끝에 시린 향기만 남기고 떠나갔다

내 안의 파도 소리

파도는 모양도 없이
소리로 들어온다

내 안에 들어온 것들은
조용히 들어와 아쉬움만 남기고
떠나간다

가면

나는 어쩌면 너에게
가면을 선물했을지 모른다

슬픔을 보이지 않으려고
가면 뒤에 숨은 너는
거울 앞으로 가 입꼬리를 치켜 올린다

사람과 사귀는 법을 모르는 너에게
먼저 안부를 건네 보라고 말한다

내가 몰랐던 어느 날
가면을 쓴 얼굴이 진짜 너의 모습 같아서
내 가슴 미어진다

너와 함께 나누고 싶은 것들

소중함으로 손을 포개어
서로의 마음을 읽어 내려간다

친구야
작은 나무가 울창해질 때까지
바람은 몇 번이나 왔을까

봄, 여름, 가을, 겨울
계절풍이 바뀌는 동안에
작은 나무 홀로 덩그러니 버텼을까

뿌리가 내릴 때까지
땅은 찌르는 아픔을 안고
굵고 단단해질 때까지 기다려 준단다

친구야
우리는 서로 다르지만

땅과 작은 나무처럼

아픔의 알맹이까지도 너와 함께 나누고 싶다

그림자에게 묻고 싶다

너에게 묻고 싶다

뒤에서 졸졸졸
너는 광대일까

흥겨운 음악소리 들리지 않는데
휘~익 가볍게 들려오는 바람소리에
스텝을 밟으면서

뒤에서 졸졸졸
너는 밤을 무서워할까

뜨거운 햇빛이 좋아
너 때문에 사람들에게 들키고 만다
조용하게 걷고 싶던 나지만
들려오는 수군거림으로 고개를 숙인다

불빛 고장난 거리

네가 없는 밤을 홀로 걸어간다

오래된 기억들

검은 머릿속에 오래된 기억들은
어느새 하얗게 변하고

꺼지지 않은 가로등 그림자처럼
꿈보다 많은 기억들도
밤을 지새웠습니다

그대는 강물에 휩쓸어 간 날들이
원망스러워 신께 험담을 합니다

그대가
사랑이 없는 사람이 아니라
내가 그대를 사랑하는 법을
모르기 때문입니다

별을 추억하고 싶은 날

나는 그리움이 차오를 때마다
별들의 이름을 불러 본다
셀 수 없는 별들
그리운 이름 하나씩 불러 본다

내 눈동자 속
흐릿한 사람들의 이름을 불러보다가
먼저 메어오는 목소리

작은 발이 닿을 수 없는 곳에 있다면
나는 하늘과 땅이 맞닿는
지평선에 서서
그들을 영원히 추억하고 싶다

내 가슴속 자전거

자전거 페달은
언제나 내 가슴속에 있다

내 숨이 쉬는 곳
작은 발걸음이 가기엔
넓은 땅덩어리이다

가슴속 창고를 열어
어딘지 알 수 없는 곳으로
자전거 페달을 밟고 싶다

나의 뿌리

나의 뿌리는
긴 겨울에도 흔들리지 않고
나를 지켜주었다

초록이 눈을 뜬 5월
나는 작은 봉우리가 되어
죽은 나뭇가지 위에 매달린다

햇볕이 내리쬐는 날
나의 얼굴도 활짝 피겠지

나는 햇빛을 그리워했다

별빛이 내 눈에 내려앉은
이 밤은 길고 추웠다

따스하게 나를 감싸주던
햇살이 그리웠다

눈은 화려한 빛과 함께
빛나고 있는데
몸은 추위에 떨고 있다

나는 말하지 못해서
버텨야 했고

나는 달려 갈 수 없어서
버텨야 했다

내 안의 스피커

내 안에
음정이 불안한 스피커를 켜놓고
의자에 앉았다

볼륨을 올리고 줄이고 해봐도
또렷이 들리지 않는다

수많은 노랫말이 흘러나와도
그대에게 가 닿지 못한다

높여서 그대에게 크게 외치고 싶은 마음도
줄여서 그대에게 작게 속삭이고 싶은 마음도

나는 아무것도 해줄 수 없어
그저 아파한다

바람과 함께

가로수 사이로
바람이 나붓거린다

마음 따라 달려 가보자 하는데도
한 발 한 발 내딛은 발걸음마다
주저앉았다

성급했을까
바람을 따라가는 것이

새파란 하늘보다 나는
넓고 끝없이 펼쳐질 이 땅을
바람과 함께 달리고 싶다

추억은 불꽃 속에

바람이 부는 나무 밑
내 마음 그곳에 묻고 떠나는 여행

마른 풀잎 모아 불을 지피는
소녀를 보았습니다

다 버리지 못한 추억 한 묶음
불꽃 속으로 던져 태우고 있었습니다

눈가엔 조용히 내리던 이슬 바라보며
싸늘한 땅 속에 묻고 온
내 마음이 아련하게 그려집니다

꽃잎 하나에

봄빛이 손가지를 물들이는 나무
고개 든 길고양이 옆에
발걸음을 멈춰 섰다

실바람을 타고 내리는
꽃잎 하나 내 가슴 위로 앉았다

꽃잎 하나에
아련한 추억이 떠올랐다

빗길 속에 잊혀진 것들

먹구름 토해내는
하늘 바라보고
오지 않은 비를 기다리며
우산을 펼쳐들었다

후드득 빗소리에
총알을 맞은 듯
뻥 뚫린 가슴 안고 가는 길
알 수 없는 그리움에 사로잡히게 한다

나뭇잎이 빗속에 떠내려가듯
마음속에 담아두었던 것들을
빗길에 쏟아 버렸다

별의 그리움

별 하나에 작은 의미를
담아 본다

뽀얀 작은 속살
내 얼굴을 만지려고 꼼지락거리는
어린 아기가 생각 난다

내가 누군지 모르는 아가
엄마 두 팔에 안겨 웃던
우리들의 희미한 어린 시절

아련한 시절을 뒤로 한 채
교복이란 무거운 옷을 입고
별 속으로 날아 가보자

옆구리 살보다
더 두꺼운 책 속 글자들

아슬아슬한 경주

출발선에 세워진 것 같다

삶의 신호등

내 길은 초록 불
빨간 불에만 멈추고 있다

눈 녹은 땅에서 초록 아가들이
모가지 비틀고 나오는 모습도

철새들이 돌아왔다고
새파란 하늘 끝까지 날아오른 모습도

초록 불에 멈추지 않고
몸집 따라 가는 것이 아름답게 보이는데

나무기둥 같은 나
빨간 불에 멈춰 있는 게 아니라

준비가 되지 않아 노란불에 잠시
쉬고 있을 뿐이다

흐르는 별빛 저 너머

별빛들이 파도처럼
내 품으로 밀려들어온 그 밤
나는 들었습니다
별빛 저 너머에 사는
사람들의 이야기를

갈 곳도 배고픔도
시간도 없는 땅에서
가슴 속이 패이는 아픔을 느꼈습니다

쫓기듯이 어린 손을 잡고 달려가는 길
팔이 빠지는 아픔도 말하지 않는 아이

총알이 제 집을 무너뜨린 광경에
엄마를 잃지 않을까 꼭 잡는 손이 가엾어
하늘이 되어 울어 주고 싶습니다

마음의 음성

내 등을 두드리는 낯선 음성
나의 발걸음이 그 음성을 따라 갑니다

한 번도 보지 못한 세상
놀라움에 어린 양이 되어 뛰어 다닙니다

난 그 음성이 누구인지 모르지만
나의 발걸음이 닿는 곳 어디든지
그의 향기를 느껴 봅니다

봄바람 없이 죽어가는 나뭇가지처럼
내안에 나를 가두고 두 눈을 감을 때
따뜻하게 불어온 그의 음성이 들려옵니다

머물고 싶은 시간 속으로

시간이 되돌아가는 구두가
내게 있다면
시계 토끼를 찾지 않아도

그대가 머무는 시간 속으로
갈 수 있습니다

그대가 준 아픔마저 내겐
그리움이었다고 말하지 않아도

아는 듯이 웃어준
그대 얼굴이 그려집니다

해돋이

경찰에게 쫓기는 듯
검은 천막 뒤로 숨긴
하늘의 얼굴

하나씩 먹어 가는 악행
바다에 뿌려 버리고

한 해 소망을 담고
정동진 물길 속에서 솟아오르며
첫 해가 뜬다

블랙홀

행복이 있는 곳엔
블랙홀이 있다

우주만큼
신기하고 아름다운 순간들을
걸어가 보면

모르는 사이
커다란 구멍 속으로 빨려 들어가
낯선 곳에 떨어지기도 한다

크리스마스트리

변하지 않은
소나무도 아픈 계절이 있다

달력 한 장을 남겨두고
하얀 발자국들 북적거리는 거리엔
정거운 캐럴송이 울러 퍼진다

전깃줄을 감은 초록 끝이
반짝거린다

아름다운 것은 아프다
크리스마스트리가 내게 말한다

첫 눈꽃이 필 때

첫 눈꽃이 필 때
누군가에게 편지를 쓰고 싶습니다

멀리 있지만 마음은 가까운 그대

그리움 한가득
담아 보낼 수 없지만

추억 내려앉는 첫 눈꽃
내 눈가를 붉게 적십니다

날개뼈

거울에 비친 맨 등
볼록한 것이 마음에 걸렸다

하늘을 보면
이불 같은 구름에 누워
기지개를 펴고 싶다

헤르메스Hermes처럼
최초의 인간에게는
날개가 있었을지 모른다

한 그루 나무같이
땅에서 열매 맺으며 살라고
그가 날개를 숨기셨다

3부

재미있는 타이어들

같은 타이어만 있을까
끝은 어딜까
다양한 모습으로 굴러간다

입으로 내뱉는 못에 박혀
구멍이 나기도 하고
양보란 신호를 무시한 채
맞부딪쳐 일그러지기도 한다

멈추지 않고
목적지를 향해 가는 길은
아름답다

손때 묻은 자리

손때 묻은 것들을 좋아한다

작아지신 아버지 키
닳아 없어진 몽당연필
가을바람에 흩어진 긴 머리
해진 공책에서 정겨움이 들린다

정이 산처럼 쌓인
언제 또 만날지 모르는 목소리는
시간이 지나도 정겹다

마음의 혹

몇 살이세요
길을 가다 종종 이런 질문을 받는다

어머니 나이를 알아 챈 사람들이
말문이 막히는 것을 여러 번 보았다

올해 1월 1일
쉰한 그릇째 떡국을 드신 어머니
옛 사진 속과 변하지 않은
얼굴이지만

어린 자식보다
아픈 자식을 걱정하는
마음의 혹은 줄어들지 않는다

먼지가 덮인 기억

낡은 비행기는 뿌연 먼지를 머금고
숨죽인 채 창고 유리창에 비친
활주로를 보고 있었습니다

캥거루 주머니처럼
몸통 가득히 승객을 태우고
기세등등한 비행기들과 함께
푸른 하늘을 날아올랐을 겁니다

날아오르지 못한 한때 기억은
뿌연 먼지가 되어
덮여 갑니다

노래가 추억을 만들다

어디서 익숙한 노랫말이 잔잔히 흘러 갈 때
눈물 한 움큼을 훔쳐
휴지 조각에 고이 싸맵니다

"대학입시" 좁은 문턱에 서 있는 순간
나와 친구는 한 배를 탄 동지가 아닌
서로 다른 세계에 빠져 버렸고
옛 모습들은 물안개처럼 흩어진 속에

이어폰 한 짝씩 나눠 듣던 노래
흔한 유행가는 아니었지만
연필과 함께했던 긴 하루 끝자락
서로 등을 맞대고 듣던
평온의 노랫소리가 생각납니다

가을을 탄 자전거

긴소매 끝자락까지 온 가을이면
부드러운 바람결을 쫓아가는
자전거 행진을 발견하곤 한다

바람결이 좋은 계절을 기회 삼아
큰 두 바퀴에 몸을 실어
달려 본 이들이라면 안다

바람이 바뀌는 이유는
손에 잡이지 않더라도
몸에 감기는 것만으로 알 수 있다

의자

등에 뼈가 있는 짐승이라면 안다
누군가에게 등을 내주는 것은
자신의 전부를 내어준다는 뜻이다

내가 누구인지 모르는 채
의자는 하루를 함께 해준다

여행 안내자

해안가에 앉아 기다린다
다시 동이 틀 때까지

먼 길을 떠나는 여행자는
하늘을 안내자로 삼는다

하늘빛이 어둡고 빗방울이
정수리에 떨어지면
잠시 쉬어가라는 뜻이다

눈동자 깊숙이 담고 있는 것

나는 밤하늘을 좋아한다

그곳엔 보석보다 아름답게 빛나던
별빛들을 볼 수 있어서 행복하다

오랜 전에 만난 친구는
두 주먹이 펴진 날이 없었다
늘 잔뜩 쥐고 있지 않으면
불안한 마음이 든 아이였다

무언가를 놓쳐버릴까
손가락을 한마디도 펴지지 못한다

눈동자 깊숙이 담고 있는 것은
시간이 흘러도
지워지지 않는다

가을바람

산에 나무들 머리 위를 타고
날쌘 짐승이 노래를 한다

도시보다 먼저 가을을 느낀다
약수 뜨러 온 사람들은

짐승의 경쾌한 노랫소리로
나뭇잎을 물들인 경치를 바라보며
발걸음으로 바스락 바스락 박자를 맞추어 간다

박자 따라 짐승의 노랫소리도 빨라지고
사람 살결까지 바르르 떨리게 해
겹겹이 옷을 여민다

내 머릿속 라디오

거리엔 많은 사연의 조각들이 흩어지고
내 머릿속은 라디오가 된다

깊은 곳 말하지 못할 비밀들
하얀 백지 위에 써내려간다

성공은 밑바닥에서부터

밑바닥까지 가보지 못한 사람은
다시 오르지 않고
가시덩굴이 살갗을 쪼는 고통에서
빠져 나오지 못한다

암벽타기 마니아들처럼
벽에 부딪쳐 올라가 본 사람은
밑바닥에 주저 않더라도
기억을 다듬어 다시 벽을 탄다

나팔꽃

이슬이 눈뜨기 전
그대는 거실 마루에 앉아
독서를 하고 있었습니다

졸린 눈을 비비고 일어난
어린 나를 두 팔 벌려 반겨준
그대 얼굴이 생각나

일찍 핀 나팔꽃
내 눈가에도 아침 이슬이
맺혔습니다

작은 눈 큰 세상

빈들에 포개진 별빛 바라보던 꽃들
무슨 생각을 하길래
바람 한 가닥에 몸 실어 흔드는 걸까

나뭇가지 끝에 계절 요정이
옷 색깔을 바꾸는 걸까

작은 눈으로 본 세상은
아이의 머릿속을 탐험가로 만든다

오늘은 내가 주인공

매스컴 기자들이
조용한 경마공원에 떴다

파란 계란껍질 쓴 병아리 떼들
말 등에 타보겠다고 아우성친다
여러 각도에서 찰칵 찰칵

바람이 장난삼아
파란색 계란껍질을 갖고 놀자
병아리가 총총총 따라 온다

부치지 못한 엽서시

모래시계가 멈춘 그 시간
나는 엽서시를 쓴다

파노라마처럼 펼쳐진 내 기억 속
남겨져 있는 흐릿한 그림자

나에게도 흐릿한 그림자를
마주본 적이 있었는가
흐릿한 그림자에게
다정히 이름 불러본 적 있었는가

모래시계의 모래알만큼
쌓여 있는 우리 추억은
유리병에 담겨 있지 않다

나는 부치지 못한 엽서시를 들고
우체통 앞에 하염없이 서 있다

별에서 태어난 아이

밤하늘 별똥별이
어머니 양수 속으로 떨어졌다
별똥별은 아홉 달 동안 숨어 있었다
어머니는 별을 닮은 아이를 낳았다
할아버지가 들려준 큰곰자리
형제들을 찾듯이
손가락 하나 쭉 뻗는다
그 아이는 일곱 개의 별 중
하나일지도 모른다

소라

한 노인이
오돌토돌한 검버섯이 난 한쪽 귀
바닷가에 묻고 갔다

찰싹 찰싹
파도가 모래사장 때리는
소리에 묻히던 못생긴 귀는
아이만의 바다가 되어 주었다

밤하늘 별 같은
금빛 모래를 생각하며
파도소리에 기대어 잠을 잔다

낡아가는 것들

컴컴한 터널 속을 나와도
빛이 보이지 않는다

종착역을 못 찾고
거칠게 달려왔던 몸뚱이는
망신창이가 되었고

한 가닥 한 가닥
머리카락 뽑혀 나가듯
기억의 실마리도
그렇게 빠져 나간다

그리움은 지구 한 바퀴를 돌아

인연은 지구가 돌아가는데 부터
시작되었다

꽃봉오리가 필 때
헤어짐이라는 문턱에 다가서고
눈보라가 불어 닥칠 때
새로운 인연이 시작되었다

가끔은 영원이고 싶은 인연
언젠가 떠나야만 하는 눈꽃송이

그리운 그대
이별의 슬픔 보단
다시 만날 약속을 한다

떡국

가족들이 모인 식탁
달이 내 그릇에 떴다

많은 세월을 먹고
속을 깨끗이 비워야지

욕심 덩어리로 가득 찬
내 마음이 보인 듯했다

겨울나무

너는 특이하다

입김이 하늘로 치솟던 겨울
봄도 멀었는데 술 취한
사람처럼 몸을 비틀비틀 옷을 벗는다

시린 바람이 찍고 지나간 자리에
따스한 햇볕을 받고
천만 개의 꽃이 핀다

나도 너처럼
춥다고 말하지 않을 수 있을까

체온

사람의 체온을 싣고
버스는 새벽부터 달린다
출근 길 버스를 놓치지 않으려
일찍 나와 입김 내뿜은 기다림

꽁꽁 얼어 있는 몸, 의자에 기대어 앉는다
첫 사람이 뜨겁게 달 굽고 간 체온
다음 사람으로 이어 전해져 간다

의자는 난로를 피우듯 계속 뜨거워지고
버스는 서로서로 체온을 느끼며 달린다

마음이 가난한 건

마음이 가난한 건
행복이다

모래알처럼 넓은 마음은
누구와 사랑할지 모른다

그대 한 사람 밖에 들어오지 못하는
비좁고 가난한 마음이라서 행복하다

세 다리 인생 길

코끝으로 밤공기를 마시며
낙엽을 밟으며 걸어가는 할아버지
그는 많은 사연을 등에 짊어지고 간다

두 다리가 무거워
나무막대 의지하는 세 다리 신세

한때는 한 가족의 가장이었지만
지금은 누구 하나 돌보지 않는
백발노인이다

촛불 하나

보이지 않은 어둠은
내가 가야 되는 길

아무것도 없는 내겐
촛불 하나가 전부

옆으로 타는 촛불 하나
주저앉고 일어서면
나도 따라 일어난다

촛불의 그림자가 되어서도
이 길을 끝까지 가고 싶다

코스모스 미소

가을바람이 내 머리카락을
스치고 지나갈 때
내 손으로 그들의 얼굴을
스치고 걸어갔다

지독한 바람에도
그들은 하늘을 보며
내일을 그리며
가냘픈 목을 흔들고 있었다

나보다 연약한
코스모스
짧은 인생에도 웃고 있다

유리벽화

투명한 벽 속에 한 소녀가
평화롭게 웃으며 장난감 병정들과 함께
높새바람을 맞으며 놀고 있다

내가 사는 세상
고요한 바람이 불어온 적이 없었다
한동안 잠잠하다가 또 한 번
거세게 풍랑이 불어온다

구름 위에 뛰어 노는 아이
빈 들판에 뛰어 노는 아이
모두 표정이 여유롭다

내가 서 있는 이곳
모두 시소 위에 앉아 일그러진 표정으로
누가 높이 올라가나
시합한다

〈

지독한 세상을 사느니
유리벽화 속으로 들어가
저들과 어울리고 싶다

내 머릿속은 도서관

내 머릿속은 도서관입니다

즐거웠던 기억으로 엮기고 엮어 써내려간 책은
소설이 되어
딱딱한 교과서만 외우던
이들의 입가엔 웃음을 주고

행복했던 기억으로 그러진
동화책은
아이들의 가슴속에 상상력 씨앗이 싹트고

그리움에 가득 찬 기억은 시집이 되어
그대의 지나간 옛 사랑을 기억하며
구슬픈 비가 눈가에 맺혀 떨어지게 합니다

4부

스무 개의 손가락

스르륵 스르륵 눈을 감고
그네에 몸을 맡겨 본다

도, 레, 미 음계가
내 가슴속에 울릴 때

기억 바람이
머릿속을 스치고 지나갈 때
그 시절로 돌아간다

피아노를 두드릴 때
어느새 등 뒤로 다가온 그녀의 손은
내 손을 먹었다

까르륵 웃으며
스무 개의 손가락이
건반을 따라 왈츠를 췄다

눈으로 걸어온 세상

나에겐 다리보다
눈으로 걸어온 세상이 더 많다

책 한 페이지 한 페이지 넘길 때마다 나오는
새로운 길, 특이한 친구들이 나눈 이야기를 듣고 보면
해가 서쪽으로 저물어 가는지도 몰랐다

오랜 시간 걸어온 세상은
관람차 꼭대기에서 내려다 본 손바닥 크기 같지만
눈으로 걸어온 세상은 세계일주 보다 넓다

산책길

귀가 먹는 말에도
단맛, 쓴맛이 있다

산책길을 걷다 만나는 사람들이
무심코 던지는 말 한마디
쓴 생강인줄 알면서
귀로 받아먹는다

리어카를 끌고 가는 할머니는
쓴 생강보다 달콤한 초콜릿 같은 말로
내 삶을 위로해준다

작은 연못

그대밖에 담을 수 없는
작은 연못에
만족했습니다

그대 얼굴밖에 비출 수 없는
작은 연못에
행복했습니다

난,
그대가 슬피 우는 얼굴을
씻어주고 싶었죠

난,
그대가 힘들어 할 때
말없이 등을 내어주는
친구 같은 존재가 되고 싶었죠
〈

바라보는 것만으로 좋았던 내가

어느 날 욕심 가득 먹은 마음으로

그대를 떠나보내게 했네요

— M. R 스마이트, 「나의 삶은」 中에서 인유

별을 보며

오늘도 어김없이
내 별을 찾는다

별들 중에서
가장 밝게 빛나는 별

어두워진 내 마음 속 등불을
환히 비춰주길

오늘도 어김없이
밤하늘을 올려다본다

모래 위에 새긴 말

깨알 같은 모래처럼
수많은 인연들 중에
수많은 추억들 중에
그대였을까

전하지 못한 말
바닷가 모래 위에 써본다

파도도 내 마음을 아는지
모래 위에 새긴 말을
지워 버린다

아파트 위로 기어 다니는 고래

여름이 끝자락에 몸을 담그는 날,
고래 한 마리 물기 하나도 없는
콘크리트 벽을 타고 오르고 있었다

어제는 없었던 고래 한 마리
꼬리 반쪽 어디 갔을까
비에게 팔아넘긴 대신
오늘 아침에 파란 물감으로 반쪽을 그린다

줄자

너와 나의 거리는
몇 미터쯤일까

0.1미터 거리에서 우리는
갑자기 온몸을 적시는 비에
어깨를 부닥치며 달렸다

0.5미터 거리에서 우리는
해질녘 창밖을 바라보며
웃었다

달팽이 몸 같은 내 추억 속 줄자
오늘도 한 가닥
내리는 빗줄기 바라보며
그 줄자를 늘어뜨려 본다

잠시만

잠시만
걱정을 내려놓고
내가 해야 할 일을 찾아보자

나뭇잎이 변하는 것을 보고
길거리에 핀 꽃을 보고
바람이 얼굴에 스치는 느낌을 알고

창문을 닫고 따뜻한 온기가
밖으로 새어나가지 못하게 하듯

잠시만, 잠시만,
어지러운 머리를 비우는
여행도 나쁘지 않겠다

나무가 되고 싶은 하루

만일, 내가 나무라면
시원한 바람결을 따라
춤을 출 텐데

만일, 내가 나무라면
할머니 등에서 우는 아이
손이라도 흔들어줄 텐데

내가 만일, 나무라면
길 잃은 이 잠시 쉬어 갈
쉼터가 되어줄 텐데

마음의 도둑

마음의 도둑은 잡아도 잡아도
모래알처럼 빠져 나간다
인생을 살다가 보면 어떤 것에
마음을 뺏기도 한다

사랑에게 뺏긴 마음은
가슴이 텅텅 빈 것 같고
꿈에게 뺏긴 마음은
희망으로 가득 쌓인 것 같다

마음의 도둑은
경찰도 못 잡는다

인연의 고리

당신의 고리와 내 고리 사이
연결이 끊어지고 흩어진 시간 속

당신과 인연이 아닌 듯
시끌벅적 사람의 숲으로 들어간다

처음 당신을 만날 때처럼
인연이 시작되는 날

다 주고 싶은 마음이지만
나도 모르게 마음보다 눈이 갔다

좋지 못한 행동으로 멀어진 우리
사람의 숲에서 만난 당신도

다른 인연의 고리를
만나지 못했을지 모르겠다

키조개의 말

불볕더위 위에
하얀 속살 익어가는 날,
나는 키조개의 말을 들었다

바다 깊은 속에 태어나
걸음마 뛰기 시작할 때부터
인어들에게
도망자 신세가 되었다고 한다

한 번 쯤은 누군가에게
먹잇감이 되어가는 인생보다
너의 인생이 아름답다고 말하는
키조개가 왠지,
오늘은 밉게 느껴졌다

방앗간

어디서 고소한 참기름 냄새가
코끝에 스며든다
어린 시절 살던 동네에
자주 놀러가던 방앗간이 생각난다

기계에서 막 뽑아낸 긴 가래떡을 잘라
흑설탕에 무쳐 먹는 추억의 맛
달고 쫄깃쫄깃한 추억의 그 맛
어찌 잊을 수 있을까

입가엔 흑설탕 덕지덕지 무치고
서로 마주보는 동네 아이들 얼굴엔
새빨간 웃음꽃 피워낸 추억을 생각하며
어느새 내 얼굴에도
새빨간 웃음꽃 한가득 달아올랐다

인연은 바람을 타고

돌아보니
바람처럼 많은 인연들이 스쳐갔다

벌거숭이 나무
봄바람이 불어 꽃피우듯
외로운 마음 봄바람에 싣고 떠난 여행길

거세게 불어온 여름태풍처럼
얼굴만 마주 보아도
인상을 찌푸리는 이들

송골송골 맺힌 땀을 닦아주는
가을바람처럼
걱정을 나눌 수 있는 친구

뼛속까지 시린 겨울 칼바람
막아주는 가족

〈

나에게 인연은

큰 선물이다

밤 라이브

지금 자정 12시
오늘따라 잠이 빠져 들지 않네요

불빛이 사그라진 깊은 밤중
창틀 넘어 들어온 아련한
기타 연주에서 익은
리듬이 들려오네요

나도 모르게 엉겨 붙은 리듬들이
입가에 떠나지 않은 이 밤

아무도 내 노래에 귀 기울여주지 않아도
별들이 관객 되어 들어주네요

꿈을 잃어버린 사람들

밤하늘 수만 개의 별들 가운데
작은 별 하나가
내 마음 속으로 떨어져 버렸다

내 마음 속 보석 같이 빛나는 별
누가 훔쳐 가기도 할까봐
고이고이 숨겨 놓았다

숨겨 놓은 게 아니라
번지수를 잘못 찾아서
밝고도 아름다운 빛
잃어가고 있는 것이 아닐까

별의 일기

깊은 밤
베란다 테이블에 앉아
일기를 써내려 갑니다

찻잔 속 가득히 뿜어져 나온
달달한 향기에 취해

맑은 밤하늘 아름답게
빛나던 수 만개의 별들처럼
오늘하루 있었던 일들을
떠올려 봅니다

시 요리

내가 신 메뉴를 개발한 주방은
바로, 컴퓨터 책상

떠오르는 단어 하나하나
뒤집고 볶아 조미 있게 써내려 간
시의 언어들

백지 위에 정성스레 올려
사랑하는 이들 시식할 생각에
내 심장은 두근두근

레시피를 짠 컴퓨터 앞에서
요리를 시작한다

귀한 손님 오시는 날

늦은 밤
천둥비 내린 후
떨어진 은행잎

귀한 손님이 오시나
길마다 황금 카펫 깔아 놓는다

겨울바람 심하게 불어
발자국 남기지 못하게
사람들 등을 떠민다

귀한 손님 오시나
늦은 밤
요란한 대청소를 할까

봄의 웃음소리

창문 넘어
들려오는 엄마와 아이의
행복한 웃음소리

겨울동안
이불 속에서 뒹굴던
아이가 엄마 손을 붙잡고
봄나들이 나왔나 보다

뭐가 그리 재미있는지
천진난만한 웃음소리에
봄도 따라 웃는다

초승달 눈

밤 창문을 열어
하늘 보는 게
일상이 되어버렸다
매일 밤 그가 찾아와
나를 향해 웃고 있어 안심했다
그의 눈 초승달이라서
내가 참 많이 좋아했다

잠이 안 올 때
그 사람을 생각하며
깊은 잠에 들었다
그런 내가
요즘 쉽게 잠에 들지 않는다
계속되는 비에
초승달이 숨어버린 후
그 사람 흔적도 숨어버렸다

꽃잎

겨울동안 앙상한
손에서 새 살이 돋다가
봉우리가 맺힌다

꽃이 되어
바람 따라 휘날리다가
바둑이 코끝에 앉은 꽃잎
간지러워 몸부림치다
바람의 손끝에 날린다

수군거림

내 발걸음 한발 한발 걸어 갈 때면
뒤에서 들려오는 수군거림

그 순간 난 귀머거리가 되어
내 아픈 두 기둥을 이끌고
답답한 철조망을 박차고 나왔다

그러나
철조망을 박차고 나온 세상은
나에게 비판만 던질 뿐
아무도 알아준 이가 없었다

그저
수군거림은 폭탄을 쏘아올려
내 가는 길을 막았다

길고양이 2

길고양이, 오늘도
다리 절룩거리며 간다

힐끗 힐끗 바라보다
안쓰러운 마음에 다가오는 사람들

피하고 숨어도
학교를 마치고 뿔뿔이 흩어지는 아이들에게
들키고 만다

놀려대는 아이가 있는가 하면
무섭다고 뒷걸음질 치는 아이들
아무것도 알지 못하는 어린애들

그냥 홀로 걸어가는 길고양이 인생
가엾은 인생

옛 사랑

살랑 부는 바람 곁을 타고
꽃잎 하나 찻잔으로 들어왔다

그 찻잔 속에
물결을 따라 큰 원을 그려
떠있는 꽃잎을 바라보면
옛 사랑에 젖어 들었다

고교 시절 맑은 날이면 책을 들고
야외 수업을 하러 나간 적이 있다

옛사랑은
꽃을 꺾어 귀에 꽂고 오던 친구였다
그 모습을 본 친구들은
배꼽 잡고 웃었다

그 모습이 나는 좋아

교과서 뒤에 남 몰래 그리던 그림
옆 친구 훔쳐보고 웃고만 있다

얼굴을 붉히던 나의 순수했던 사랑
끝나지 않을 것 같은 옛 추억
추억 속에 젖어들었다

안부

밤 호수에 헤엄치는 미운오리새끼처럼
혼자 있기 좋아하는 사람이지만
가끔은 누군가 내 안부라도 물어 줬으면 좋겠다

나뭇잎 색이 바뀌는 날에도
비가 눈으로 바뀌는 날에도
전화선 너머 누군가 내 안부를 묻는다면
외롭지 않을 것 같다

창 넘어 들려오는 웃음소리가 왜 반가운지
나와 닮은 이름을 부른 땐 왜 가슴이 뛰는지
이해할 수 없는 외로움에 헛웃음 짓기도 한다

혼자 있기 좋아해서가 아니라
스스로 사랑하지 못해서가 아니라
그저 숨을 곳이 필요했을지 모른다

순수하고 따뜻한 마음으로

여기 한 사람의 시인을 추천하면서 몇 자 적습니다.

시인은 오래 전에 뇌병변장애 1급 판정을 받았습니다.

사지가 불편하여 일상이 마음대로 되지 않는

생활을 하고 있습니다. 그러나 그는 아름다운 마음과

고운 꿈으로 가득한 영혼을 가지고 있습니다.

그의 시가 깊고 아름답다는 것이 이를 증명하고 있습니다.

지난 3년동안 나는 시를 가르쳤고, 윤정 양은 우리 모두에게

삶의 아름다움을 깨우쳐주었습니다. 참으로 놀랍습니다.

시인의 순수하고 따뜻하게 사는 모습을 지켜보는 것만으로도

주변은 환하게 밝아집니다. 이 시집을 넘기다보면

영혼이 순수한 사람의 삶이 우리를 어떻게 감동시키는지

단박에 알게 됩니다. 따뜻한 아름다움도 엿볼 수 있을 것입니다.

조금의 주저도 없이 새롭고 좋은 시인 한 명을 여기

기쁜 마음으로 추천합니다.

— **박현태** 시인

침대 밑 블랙홀

초판인쇄 _ 2016년 11월 4일

초판발행 _ 2016년 11월 11일

지은이 _ 맹윤정

발행인 _ 홍순창

발행처 _ 토담미디어

서울 종로구 돈화문로 94(와룡동) 동원빌딩 302호

전화 02-2271-3335

팩스 0505-365-7845

출판등록 제2-3835호(2003년 8월 23일)

홈페이지 www.todammedia.com

편집미술 _ 김연숙

ISBN 979-11-86129-51-7